HALCÓN, SOY TU HERMANO

HALCÓN, SOY TU HERMANO

de BYRD BAYLOR
Ilustraciones de PETER PARNALL

Traducción de TEDI LÓPEZ MILLS

LOS ESPECIALES DE
A la orilla del viento

FONDO DE CULTURA ECONÓMICA
MÉXICO

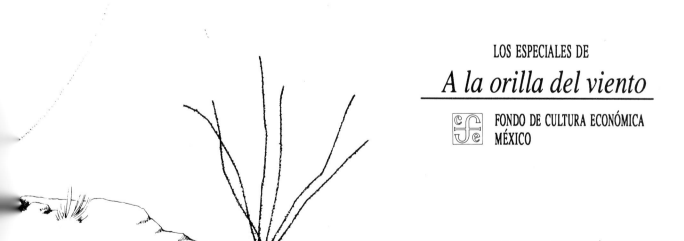

Primera edición en inglés: 1976
Primera edición en español: 1991
Cuarta reimpresión: 1999

Título original: *Hawk, I'm your Brother*
© 1976, Byrd Baylor (texto)
© 1976, Peter Parnall (ils.)
Publicado por Charles Scribner's Sons,
Macmillan Publishing Company, Nueva York
ISBN 0-684-14571-5

D.R. © 1991, FONDO DE CULTURA ECONÓMICA, S.A. DE C.V.
D.R. © 1995, FONDO DE CULTURA ECONÓMICA
Carr. Picacho Ajusco 227; México, 14200, D.F.
ISBN 968-16-3652-X

Impreso en Colombia.
Tiraje 5 000 ejemplares

*Para Tony Schweitzer
y Charlie Ingram
porque saben lo que es volar*

Rudi Soto
sueña
con volar…

quiere
flotar
en el viento,
quiere
elevarse muy alto,
por encima
de los desfiladeros.

No se ve a sí mismo
como un pajarito
de alas livianas
que aletea
y revolotea
cuando vuela.
Ni como un reyezuelo.
Ni como un gorrión.

Más bien
sería como
un HALCÓN

que se desliza

más suavemente
que cualquier otra cosa
en el mundo.

Se imagina
como un halcón
envuelto en el viento

que se alza

y mira el sol.

Es lo único
que quiere;
nunca ha tenido
otro deseo.

Pase lo que pase
no va a renunciar a su deseo.
No va a cambiarlo
por cosas más fáciles.

Allá,
junto a la montaña,
un niño moreno y flaco
juega solo
y llama
a un halcón…

Es Rudi Soto.

La gente de aquí cuenta
que el día en que nació
miró el cielo
y alzó sus manos
hacia los pájaros
y pareció sonreírle
a la montaña Santos.

Las primeras palabras
que aprendió
fueron las palabras
para decir
VOLAR
y decir
PÁJARO
Y ALLÁ ARRIBA… ALLÁ ARRIBA

Y cuentan
que más tarde
le preguntaba a su padre
todos los días:
"¿Cuándo puedo aprender a volar?"

(Era demasiado pequeño en ese
entonces
para darse cuenta
que nunca se cumpliría su deseo.)

Su padre le dijo:
"Corres.
Trepas en las rocas.
Saltas como un remolino
loco de viento.
¿Para qué necesitas volar?"

"Porque sí.
Necesito volar."

En ese entonces
pensaba que
alguien
podría responderle.
Le preguntó
a todo el mundo…

a todo el mundo…

Y la respuesta era siempre la
misma:
"La gente no vuela."
"¿Nunca?"

"Nunca."

Pero Rudi Soto
dijo:
"Algunas personas sí.
Quizá lo que pasa
es que no conocemos
a esas personas.
Quizá viven
lejos de aquí."

Y cuando conocía gente nueva
la miraba
con mucho cuidado.

"¿Puede usted volar?"

La gente sólo se reía
y sacudía la cabeza.

Finalmente aprendió
a ya no
preguntar.

Sin embargo,
seguía pensando
que quizá
volar
es un secreto
que los viejos
guardan para sí.

Quizá surcan
el cielo
en silencio
cuando los niños
duermen.

O quizá
sólo
la gente mágica
puede volar.

Y hasta pensó
que aunque nadie más
en el mundo
pudiera volar,
él podría
aprender a hacerlo.

"Alguien debe hacerlo,"
—dijo—.
"Alguien.
¡Yo!
Rudi Soto."

Cuando estaba allá,
descalzo
junto a la montaña,
casi
lograba volar.

Soñaba
que conocía
el poder
de las alas grandiosas
y que le cantaba
al Sol.

En su cabeza
siempre se veía como
un halcón,
por su manera de volar.

Un niño así,
claro,
sabía dónde estaban
todos los nidos
en esa parte de la montaña.
Sabía en qué momento
del verano
aprenden a volar
los halcones jóvenes.
Y pensaba
miles de veces:
"Halcón, soy tu hermano.
¿Por qué estoy atrapado
aquí abajo?"

Es necesario que sepas todo
esto
para perdonar
lo que hizo el niño.

Y aun así
es posible que pienses
que no tuvo razón
en robarse el pájaro.

Puede parecer
cruel
y egoísta
y malvado;
poco digno de alguien

que dice
ser hermano
de todos los pájaros.
Pero de todas formas
fue lo que hizo.

Se robó un halcón
—un halcón de cola roja—
de un nido,
antes de que el pájaro
pudiera volar.

Rudi Soto
ha de haber visto
ese nido
durante toda su vida,
en una de las crestas
del muro empinado y peligroso
del desfiladero.

Estaba seguro
de que ese nido
era
uno de los mejores hogares
del mundo,
allá arriba en la montaña
Santos.

Y hasta pensó
que un pájaro
que viniera
de la montaña Santos
podría tener
algún tipo
de magia especial.

Por alguna razón
pensó
que él podría compartir
esa
magia

y que *volaría*.

Dicen
que así
eran las cosas
antes,
cuando
sabíamos cómo
hablar
con los pájaros

y cómo
hacer que
el espíritu salvaje
del pájaro
bajara
a nuestro espíritu.

Él había oído
todas estas
viejas historias

y había visto
a los halcones
volar
encima de las montañas
y había sentido
cómo su poder
llenaba el cielo.

Creía
que él podría VOLAR

si
un halcón
se convertía
en
su hermano.

Por eso
escaló
el risco
al amanecer,
cantando…
para darle
más poder
a la magia.

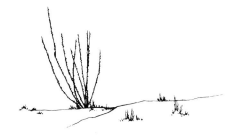

Y
por eso
dejó
una ofrenda
de comida…

para mostrar
que era
un hermano.

Pero
el joven halcón
luchó
y gritó;
llamó
a los otros pájaros
que volaban en círculos
allá arriba;
llamó
a su nido
en la montaña.

"Escúchame, pájaro.
No tengas miedo.
No tengas
miedo
de *mí*."

Mientras iba bajando
tenía agarrado
al pájaro
tan cerca de su pecho
que sintió
el latido de su corazón
y
el pájaro
sintió el suyo.

"Vas a estar
bien.
Ya verás."

Pero hasta un halcón
demasiado joven
para volar
sabe
que está hecho
para volar.
Sabe
que no debe
tener
un hilo
atado
a la pata.

Sabe
que no está hecho
para vivir
en una jaula.

Grita
todos los días.
Jala
el hilo.
Golpea
la jaula
con sus alas.

"Vas a estar contento
conmigo, pájaro.
Ya verás."

Pero el pájaro
mira
con ojos
feroces
y libres
y llama
a sus hermanos
en el desfiladero.

Todos los días
es igual.

Ven
a los
otros pájaros
aprender
a volar,
aprender
a sentir
la caricia
y la cadencia
y la altura
del aire,
aprender
a clavarse
y lanzarse en picada.
Dan vueltas
cuando
el viento
da vueltas.

Pero
allá abajo,
con sus patas
en la arena,
el halcón de Rudi Soto
sólo puede
batir
sus alas
y elevarse
hasta donde
se lo permite
el hilo.

No es
suficiente.

No puede llegar
muy lejos.

Rudi Soto
le dice a su halcón:
"Algún día
volaremos
juntos."

Quiere
darle gusto
al halcón.
Sabe
que lo puede hacer.
Está seguro
de que va a ser
su
hermano.

Todos los días,
después de recoger
los melones
y de cortar
la leña
y de remover
la tierra del maizal
con un azadón,

Rudi Soto
emite un llamado
largo y suave
y se echa
a correr.

Siempre dice:
"Ya llegué,
pájaro.
¿Qué quieres hacer?"

Saca al pájaro
de la jaula
y le amarra el hilo
a la pata,
y el pájaro se posa
en su hombro
mientras camina
por los cerros del desierto.

Bajan
por charcas arenosas
y
siguen
las huellas de los venados
en los desfiladeros.

A veces
se sientan
a mirar
la montaña Santos.

Y a veces
hasta van
del otro lado
de la montaña Santos,
a un lugar
donde
el agua
gotea
sobre
las rocas
planas
y lisas.

El pájaro
juega
en el
agua fría…
sumerge
sus alas
en el arroyo
y salta
y aletea

y el niño dice,
"Ya ves.
Estás contento
conmigo."

Pero
sabe
que no es verdad
lo que dice,
pues
el pájaro
tira
del hilo

y
se puede ver
el cielo
reflejado en sus ojos

y sus ojos
brillan

y sus alas
se mueven
con el
viento.

Uno sabe
que
lo que quiere
es volar.

Uno sabe
que eso
es lo único

que quiere;
el único
sueño
que tiene.

Rudi Soto
sabe bien
lo que es
querer
volar.

Sabe
lo que es
tener
un sueño.

Pero de todas formas
espera
hasta el final
del verano,
con el deseo
de que
el pájaro
llegue a estar
contento.

Todos los días
es igual.

El pájaro
no deja
de tirar
del hilo;
de jalarlo
y de pelearse con él.

Rudi Soto
sabe
que el halcón
no se va
a rendir.

¿Qué puede
hacer
un niño
como Rudi Soto?

Tiene que decir:
"No quiero
verte
tan infeliz,
pájaro."

Y tiene que decir:
"¡Por lo menos
Uno de los dos
debe
volar!"

¿Qué otra cosa
puede hacer

si
de veras
quiere
al pájaro?

Lo tiene
que llevar
de vuelta
a la montaña Santos,
al lugar
donde él
quisiera
volar.

Y se van
para allá;

suben
por esas
rocas rojas
que están
en lo alto.

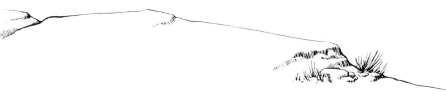

Hay
viento
y
las nubes se mueven
a través
del cielo
y se puede oler
la lluvia
que viene desde lejos.

Rudi desata
el hilo
que desde
hace tanto tiempo
ha sujetado
a su halcón.

El halcón
está parado encima
de su hombro.

"Vuela,
pájaro.
Anda."

El halcón
se da la vuelta.

Mueve
las alas.

"Pájaro,
puedes volar."

El halcón
se toma
su
tiempo.

Salta
en las rocas
y aletea,

se eleva
y
luego empieza a caer.

Tiene
que
acostumbrarse
a la fuerza
del aire,
a los tirones
del viento
y a la sensación
de libertad.

Quizá
tenga que brincar
cien veces
antes de poder
atrapar
el viento,
antes
de elevarse
en ese
cielo veraniego.

Por fin
logra
volar muy alto.

Sus alas
brillan
en el sol

y
vuela
exactamente
como Rudi Soto
se vio
a sí mismo
volar
en sus sueños.

El pájaro
mira
hacia abajo.

Luego
emite
un largo
grito de halcón,
el mismo grito
que usó
para llamar
a sus hermanos.

Pero
esta vez
llama
a
Rudi Soto

y el sonido
flota
en el viento.

Rudi Soto
contesta
con
el mismo
sonido
de halcón.

Se llaman
una y otra vez.

Hermano
a
hermano
se llaman
toda
la tarde.

Arriba
en la ladera
de la montaña Santos
Rudi Soto
levanta
los brazos.
El viento
sopla
entre su cabello
y
en su mente
él
también
está
VOLANDO.

Ni siquiera
importa
que
sus pies
estén en
la tierra.

Cuando
oye
ese
llamado
siente

que todo el cielo
es suyo
y que puede volar
por todas partes.

Sabe
que siempre guardará
ese llamado
en su cabeza.

Rudi Soto
no se lo dice
a nadie.

No dice:
"Qué afortunado soy.
Sé lo que es volar.
Conozco el viento."

Nunca dice:
"Hay un halcón
que es
mi hermano
y por eso tengo
un poder
especial."

Pero
aquí la gente
se da cuenta
de estas cosas.

Todos notan
que un halcón
llama a Rudi
desde
la montaña Santos
y oyen
la forma
en que él contesta.

Se dan cuenta de que
Rudi Soto
tiene una
mirada diferente.

Sus ojos
brillan
como
los ojos
de un halcón
joven

y el
cielo
se refleja
en esos ojos,

el cielo
allá arriba
de la
montaña Santos.

La gente aquí
no está
sorprendida.

Es gente
sabia
que entiende
estas cosas.

Halcón, soy tu hermano
se terminó de imprimir en
Panamericana, Formas e Impresos, S.A.
Calle 65 No. 94-72 Santafé de Bogotá, D.C. - Colombia
Se tiraron 5.000 ejemplares